Oplepo

Je me souviens
Per Brunella Eruli

Biblioteca Oplepiana

N. 35

 http://www.inriga.it

 info@inriga.it

 https://it-it.facebook.com/inrigaedizioni/

 https://twitter.com/inrigaedizioni

 https://www.linkedin.com/company/in-riga-edizioni-e-literary-agency

La scuola del potenziale è la scuola di una lunga pazienza: essa si propone di insegnare non tanto a proclamare messaggi, quanto a esercitarsi a balbettare (per riprendere un testo di Perec); non mira a fornire ricette mirabolanti, ma addestra a non temere di tornarsene a casa con le pive nel sacco, senza prede sublimi da esibire in salotto, ma con la tranquilla certezza di aver occupato il proprio tempo in un'attività utile per sé stessi e dunque – forse – anche per gli altri. Perec suggerisce che anche quando crediamo di non avere nulla da scrivere, o nulla da dire, bisogna stare in agguato, mantenere desta l'attenzione per cogliere la carica potenziale di eventi minimi».

Brunella Eruli, da "Stand by" in *La Biblioteca Oplepiana*, Zanichelli, 2005.

La forma e lo spirito di questi testi in ricordo di Brunella Eruli si ispirano ai *Je me souviens* di Georges Perec (Hachette, 1978) e ai *I remember* di Joe Brainard (Angel Hair, 1970).

6   Afro Somenzari

7   Alessandra Berardi

9   Anna Busetto Vicari

11 Claude Debon

13 Dario Giugliano

14 Elena Addòmine

15 Eliana Vicari

17 Giuseppe Varaldo

19 Jacques Jouet

21 Laura Brignoli

23 Marcel Bénabou

25 Maria Sebregondi

27 Mario Persico

29 Paolo Albani

31 Raffaele Aragona

33 Thieri Foulc

Mi ricordo quando hai scritto della cellulite cerebrale.

Mi ricordo dei tuoi animali tautogrammatici.

Mi ricordo i nostri abbracci.

Mi ricordo di un settembre di sole a Casalmaggiore.

Mi ricordo casa tua che era tutta Firenze.

Mi ricordo i tuoi sguardi come le pagine veloci.

Mi ricordo la voce tua e la sorpresa di un viaggio al telefono.

Mi ricordo Montalbino dei sorrisi.

Mi ricordo Chartres dove hai suonato un organetto per bambini.

Mi ricordo Pomponesco con le autorità 'Patafisiche.

Mi ricordo i tuoi occhi di Zarina e Ministro Sfavillante.

Mi ricordo i tuoi contenuti pieni di forme.

Mi ricordo che non è facile accettare tutto.

Alessandra Berardi

Mi ricordo Capri, novembre 1990. E una signora seria, vestita proprio da seria signora, che all'improvviso rideva come una ragazzina maliziosa, controllando a tratti la risata, quasi si fosse a scuola.

Mi ricordo di avere in séguito pensato che, se non fosse stato così, non avrebbe potuto capire la Patafisica.

Mi ricordo la sua espressione di aristocratica sopportazione che a stento dissimulava l'insofferenza, in presenza di uno scocciatore logorroico o di un interlocutore sciocco.

Mi ricordo di come l'aggettivo *ravie* le calzasse a pennello, quando si trovava di fronte a una bella opera d'arte.

Mi ricordo che a volte mi guardava come se io venissi da Marte, ma credo che i marziani le piacessero.

Mi ricordo che, agli inizi di OpLePo, non si considerava capace di testi creativi. Ma che poi ne ha scritti di incredibilmente belli.

Mi ricordo che organizzò il convegno *Attenzione al potenziale!* ... in cui facemmo tutti molta attenzione a liberare il nostro.

Mi ricordo che, da bambina, guardava i cartoni di Yoghi e Ubu.

Mi ricordo il suo grande senso di indipendenza.

Mi ricordo che, quando vidi casa sua, capii perfettamente quanto l'arte fosse parte di lei.

Mi ricordo la grazia particolare con cui pronunciava il nome 'Queneau'.

Mi ricordo di avere avuto la certezza che arrivasse dritta dall'epoca del Rinascimento, senza bisogno di rinascere.

Mi ricordo e mi ricorderò sempre di te, cara Brunella.

Anna Busetto Vicari

Mi ricordo che la prima volta che ci parlammo fu facendo colazione, io e te a Capri, al convegno di Lello sulla letteratura potenziale, nell'ottobre del 2000.

Mi ricordo che quella mattina mi raccontasti una storia assurda: la biblioteca di tuo marito, donata all'Università di Ancona, era stata messa in dei sacchi, in attesa di essere ricollocata, ma durante una ristrutturazione i muratori per sbaglio buttarono i libri insieme ai calcinacci.

Mi ricordo che in quel momento tu mi diventasti – per sempre – simpatica.

Mi ricordo in questo momento – e per sempre – il tuo viso, bello e deciso.

Mi ricordo benissimo anche la tua voce.

Mi ricordo come l'hai sempre usata bene, anche per riportare l'ordine durante le nostre riunioni oplepiane.

Mi ricordo di aver pensato che sicuramente non hai mai preso in giro nessuno.

Mi ricordo di quando Lello ti disse che avresti dovuto metterti a produrre il vino " Brunella di Montalbino".

Mi ricordo che quando venimmo a trovarti in campagna con Paolo e Lello, ce ne offristi di buonissimo, dopo averci mostrato con orgoglio tutto il tuo bel lavoro di ripristino.

Mi ricordo che quel pomeriggio facemmo delle gran belle chiacchierate e, per fortuna, non solo di letteratura e che c'era anche Thieri Foulc, gentile e sorridente.

Mi ricordo del bellissimo discorso che facesti, dritta in piedi, su Jarry e la bicicletta, in una serata della Joseph Crabtree Foundation a Firenze.

Mi ricordo che non sei mai stata noiosa, come invece sono a volte i professori universitari.

Mi ricordo che l'ultima volta che ti ho vista (pochi mesi fa a Bologna) ho pensato che sembravi più giovane del solito.

Claude Debon

Je me souviens de ta beauté, de ton élégance, de tes cheveux noirs

Je me souviens de toi à Florence, quand tu m'as invitée à jouer avec la littérature en 1991

Je me souviens que dans un palais florentin nous avons mangé en primi piatti des pâtes et du riz et qu'après je n'avais plus faim

Je me souviens mieux avec les photos de toi dans la librairie en compagnie de Harry Mathews, un bout de Marcel Benabou, des oulipiens italiens

Je me souviens, Ô Régente de Monstrosophie Jarryque & Exhibitionnisme, que tu étais une universitaire pas tout à fait académique. Nous nous ressemblions un peu de ce point de vue

Je me souviens que nous étions atteintes du même mal

Je me souviens de toi la dernière fois que je t'ai vue à Paris, cité Véron.

Je me souviens que je n'imaginais pas une minute que ce serait la dernière fois

Je me souviens de ta voix

Je me souviens que je t'enviais ta double vie italo-française, tout en m'en inquiétant pour ta santé

Je me souviens que je t'ai prêté un mémoire de maîtrise sur le jeu dans les *Œuvres complètes de Sally Mara*, en septembre 1994

Je me souviens que tu ne me l'as pas rendu, ce qui pour une fois te rendait semblable aux autres

Je me souviens de toi vivante

Dario Giugliano

Je me souviens de Brunella Eruli, de son sourire.

Mi ricordo che lei era di quelle persone che sanno sorridere con gli occhi.

Mi ricordo della sua grande disponibilità, della sua gentilezza, della sua umanità.

Mi ricordo che una volta le dissi che avevo sempre molto apprezzato i suoi libri e uno in particolare.

Mi ricordo che mi rispose, con autoironia, che i suoi libri non erano poi questa gran cosa.

Mi ricordo la grande lezione di umiltà, che mi segnò, grazie a questa sua risposta.

Mi ricordo del suo acume critico, della sua grande maestria.

Mi ricordo anche del suo immenso candore.

Mi ricordo della sua generosità e del suo signorile riserbo.

Mi ricordo della sua figura scultorea, matronale.

Mi ricordo del suo amore per l'arte delle marionette.

Mi ricordo che è sempre stata un riferimento culturale fondamentale per me.

Je me souviens de son élégance toujours discrète.

Elena Addòmine

Ricordo la sua casa con tanti libri e il giardino con gli ulivi.

Ricordo la risata acuta e rauca e il parlato toscano.

Ricordo il viaggio brasiliano, le conferenze a Rio, il "robotino"…

Ricordo le foto insieme alle cascate di Iguazu e la stanza condivisa, raro momento d'intimità amicale.

Ricordo i suoi generosi dotti consigli prima delle mie relazioni universitarie. Grazie.

Ricordo la sua entrata nell'Oplepo!

Ricordo la sua vasta conoscenza, l'amore profondo per "il potenziale" e la "res oplepiana".

Ricordo le colazioni insieme, a Napoli e a Capri.

Ricordo il nostro condiviso non senso dell'orientamento.

Ricordo l'altezza, la presenza, il velato distacco fiorentino e il suo sorriso.

Ricordo il suo "peccare per eccesso di buone intenzioni" (e di affetto) per una traduzione richiesta.

Ricordo le cartoline dei suoi consueti auguri natalizi.

Ricordo Brunella.

Eliana Vicari

Je me souviens du jour où j'ai connu Brunella ou plutôt je me souviens d'elle. Moi, qui oublie tout, j'ai gardé quelque part, dans ma mémoire, comme une photo d'elle, telle qu'elle était lors de notre première entrevue. Il s'agit d'un gros-plan : seule son image est restée ; tout le reste a disparu. De quoi a-t-on parlé ? Je ne sais pas. Lellò est-il avec nous ? Je ne sais plus. La date ? Je n'en sais rien. Mais…

Je me souviens très bien qu'à l'époque j'étais en exil à Florence, une ville que je trouvais tellement hostile. Donc notre rencontre a sans aucun doute eu lieu en 2003. Quel mois était-ce ? Septembre, octobre ? Impossible de m'en souvenir. Quoi qu'il en soit, c'était une journée estivale et il faisait chaud. Car…

Je me souviens que Brunella n'était habillée que d'un cafetan en soie sombre, mais colorée, aux reflets changeants et mystérieux, qui lui donnait cette allure royale qu'ont dans leurs jours heureux les princesses orientales. Et…

Je me souviens d'avoir pensé que c'était absolument vrai, seules les femmes qui ne savent pas s'habiller craignent la couleur. On peut être éclatante sans vulgarité et douce sans fadeur.

Je me souviens d'avoir pensé qu'elle était très belle avec son visage bronzé, sa peau - aux éclats de cuivre - bien cuite par le soleil.

Je me souviens de ses cheveux raides et courts.

Je me souviens de son nez de statue. Très fin, très droit.

Je me souviens de sa bouche sculptée et de son accent
florentin.

Je me souviens de sa démarche majestueuse.

Je me souviens de son port de reine. De reine.
Et pourtant…

Je me souviens que, ce jour-là, cette reine ne portait ni scep-
tre ni couronne. Aucun ornement ou si peu. Car, au fait…

Je me souviens que, lors de notre première rencontre, Brunella n'était parée que d'un collier ethnique. Son unique
bijou, son bijou unique. Un bijou que la rigueur de sa mise
géométrique faisait ressortir encore plus. En vain, d'ail-
leurs. Et puis ? Et puis…

Je me souviens d'un tas de choses. Des voyages avec Brunella, de ses expressions toscanes, de son livre *Attenzione
al potenziale!*, d'une variation qu'elle a composé lors d'un
atelier de l'Oulipo, d'un chaton qu'elle avait trouvé pour
mon fils. Oui je me pappelle tout cela et bien autres choses
encore. Comment ne pas se souvenir de Brunella? Faudrait
être complètement amnésique, kwa!

Giuseppe Varaldo

Mi ricordo un sorriso cordiale e immediatamente accogliente, mai lezioso o di circostanza.

Mi ricordo una voce calda da contralto potenziale (ma non le chiesi mai se sapesse cantare).

Mi ricordo un bel testo lipogrammatico in E ed S, in onore di Edoardo Sanguineti.

Mi ricordo una breve e curiosa e-mail al tempo stesso allitterante e quasi tautogrammatica in P.

Mi ricordo un'altra e-mail ancor più curiosa che, dopo una dopo una dotta disquisizione riguardante una complicata iniziativa oplepiana, finiva col parlare di 4 capre appena arrivate.

Mi ricordo, a proposito di quelle capre, di aver pensato per un attimo a un'insolita e ardita metafora.

Mi ricordo due o tre colazioni a Capri, all'Hotel *La Palma*, di mattino presto, a parlare simpaticamente del più e del meno.

Mi ricordo un pranzo a Napoli, all'aperto vicino al mare, con lei di fronte a me.

Mi ricordo quel giorno – in Toscana, mi pare – che io e lei da soli, di ritorno da un qualche convegno ludolinguistico, scendendo da un treno regionale prendemmo al volo un Intercity (o forse si chiamava ancora "Rapido") senza il tempo materiale di pagare la differenza e fummo multati da un solerte controllore.

Mi ricordo lo stridente contrasto, quella volta del treno, fra la mia incazzatura frenetica e sopra le righe e la sua protesta ammirevolmente composta.

Mi ricordo una passeggiata pomeridiana a Capri sino ai Faraglioni.

Mi ricordo un'interessante relazione su un romanzo sconosciuto (per me) di Queneau.

Mi ricordo un incontro italo-francese a Bologna.

Jacques Jouet

Je me rappelle que Brunella était assez à cheval sur le fait que les « je me souviens… » ne devaient pas servir aux souvenirs personnels, puisqu'ils sont des souvenirs communs.

Je me rappelle Brunella m'expliquant qu'il ne fallait pas serrer comme un malade la Bialetti à la taille si l'on voulait que le joint dure.

Je me rappelle le très léger accent de Brunella comme une brume de chaleur sur son français impeccable.

Je me rappelle la via Santa Reparata à Florence et le marché non loin d'admirables primeurs.

Je me rappelle la passion presque hallucinée avec laquelle Brunella parlait d'un spectacle de Tadeusz Kantor (*Qu'ils crèvent les artistes*, probablement), qui m'avait glacé.

Je me rappelle que le mari de Brunella (Ettore) nageait très très très très loin, des heures au large de Capri.

Je me rappelle que Brunella n'était pas aussi convaincue que cela de la grandeur littéraire d'Italo Calvino.

Je me souviens de *Puck*.

Je me rappelle que Brunella savait recevoir, plein de bonnes choses sur la table, et sans efforts apparents.

Je me rappelle une réunion fondatrice d'un OuMaPo (Ouvroir de Marionnettes potentielles) à l'initiative de Massimo Schuster, chez moi, (Brunella y était-elle ? il me semble bien), mais que la réunion ne fonda rien.

Je me rappelle l'huile d'olive de la production de Brunella et du bidon que j'étais allé chercher, rue… (je ne sais plus laquelle, merde alors !) dans le XVe arrondissement.

Je me rappelle que Brunella m'avait conseillé une très charmante professeure d'italien, Paola Coppi, avec laquelle nous lisions Leopardi « E il naufragar m'è dolce in questo mare ».

Je me rappelle Brunella plongée dans la vie et l'œuvre de Marcel Duchamp.

Laura Brignoli

Je me souviens de Marcel qui me dit, un après-midi d'il y a très longtemps à Milan, qu'une professeur de français était membre de l'Oplepo. Tiens, lui dis-je, qui est-ce ? je la connais ?

Je me souviens qu'elle m'a fait sentir plus proche, et en même temps énormément éloignée du groupe.

Je me souviens la prima volta che ho sentito il suo nome e l'immagine di una rondine che s'alzava dalle sue sonorità.

Mi ricordo le 'r' arrotate di chi pronunciava il suo nome. Prodigiose vibrazioni.

Mi ricordo che sì, a dispetto del titolo – *Stand by* – quel suo testo volava.

Mi ricordo che da ragazza, leggendola, perdevo la 'ra' e mi sentivo una gazza: avrei voluto rubarle tutti quei gioielli che disseminava nelle sue frasi.

Mi ricordo che Ubu, passando da lei, scintillava.

Mi ricordo un pomeriggio, nella stazione di Firenze, seduti in tre su una panchina a parlar di acrobazie verbali. E il mio impaccio così grande che si scioglieva piano al calore della sua luminosità.

Mi ricordo di quella meravigliosa "macedonia", il corcello, che è la vera e unica cura contro la cellulite cerebrale. Assumere a dosi massicce, l'unico rischio è il sottodosaggio.

Mi ricordo la sottile combinazione con cui lei associava pensieri e sentimenti: scorrevano con la fluidità di quegli olî preziosi di cui aveva ritmicamente elencato le tipologie di provenienza.

Mi ricordo che volevo dirle grazie per avermi inconsapevolmente introdotta a Vinaver.

Je me souviens di una sera a cena, mentre leggo a mio marito qualche passaggio particolarmente esilarante della *Pianta dei piedi* che lei scrisse per "Nemeton". Forse una delle ultime produzioni?

Je me souviens quando ho saputo che se ne era andata e mi son detta: no, c'è un errore. È un'oplepiana: solo un'assente giustificata.

Marcel Bénabou

Je n'arrive pas à me souvenir de ma première rencontre avec Brunella. Il me semble l'avoir toujours connue.

Je me souviens que, pendant des années, Brunella a partagé sa vie entre Paris et Florence, et que cela me paraissait une situation très enviable.

Je me souviens du plaisir que j'avais à entendre le rire très particulier de Brunella

Je me souviens que Brunella était un membre important et respecté du Collège de 'Pataphysique, et même qu'elle avait le titre de « Régente de Monstrosophie Jarryque & Exhibitionnisme »

Je me souviens de mon émerveillement quand je suis allé la première fois chez Brunella à Florence, à cause, entre autres, de la superbe vue sur le Jardin de Boboli.

Je me souviens qu'au moment de la création officielle de l'Oplepo, le 3er novembre 1990 à Capri, j'étais assis à la tribune à côté de Brunella, et qu'elle traduisait au fur et à mesure le petit discours que je faisais.

Je me souviens d'une conversation que j'ai eue avec Brunella à Montparnasse à propos d'huile d'olive.

Je me souviens du colloque *Attenzione al Potenziale!*, que Brunella avait parfaitement organisé à Florence au printemps 1991

Je me souviens de la présentation par Brunella, dans une grande librairie de Florence, du volume *Attenzione al potenziale! Il gioco della letteratura*, dont elle avait été l'initiatrice

Je me souviens d'avoir assité, avec Brunella, à une hilarante lecture des *Exercices de style* dans un autobus de Florence, qui avait beaucoup de mal à se frayer un chemin au milieu d'une circulation plutpot dense.

Je me souviens que, comme Paul Fournel, Brunella était particulièrement compétente sur l'art de la marionnette, mais que je n'avais jamais eu l'occasion d'évoquer ce sujet avec elle.

Je me souviens de l'échange de correspondance que j'ai eu avec Brunella à propos d'un article de moi qu'elle avait eu la gentillesse de traduire en italien, et dont même elle avait trouvé le titre.

Je me souviens qu'à l'occasion d'une lecture oulipienne faite dans la maison de Boris Vian en hommage à Caradec, Brunella était assise au premier rang, entre Claude Debon et Thieri Foulc.

Je me souviens que, au cours du séjour commun à Rio de Janeiro de l'Oulipo et de l'Oplepo, je me suis souvent trouvé à côté de Brunella, et que nous avions des conversations un peu plus personnelles que d'habitude.

Maria Sebregondi

Ben mi ricordo il tuo sguardo color delle foglie – farfalle volanti d'autunno – alla stazione di Arezzo.

Ricordo, sì mi ricordo il canto di Kantor nella tua voce, foresta di suoni.

Uh, mi ricordo di aver camminato nella tua grande ombra che nascondeva la mia.

Nuvoloso il ricordo di noi due sedute per terra a Montalbino, cercando nel vento un'idea per questo posto che aveva invaso la tua vita.

E poi mi ricordo che abbiamo sognato di farne un grande ritrovo per traduttori potenziali.

Lentamente mi ricordo qualche nome delle tue misteriose olive.

Le strade di Anghiari, mi ricordo – il clac clac dei tuoi passi notturni.

Ah, mi ricordo la prima volta a Salerno nell'aula bianca e fredda, parlando accalorate di *Ellis Island*.

E mi ricordo la tua gonna beige, innervosita da una macchia di caffè.

Ricordo, sì mi ricordo la tua invettiva telefonica contro le beghe cattedratiche.

Ubu re, mi ricordo, che evocavi in patafisiche risate sul molo di Napoli.

L'energia mi ricordo delle tue mani generosamente grandi.

Inutilmente mi ricordo che l'anno scorso a Bologna ci siamo ripromesse di vederci a Montalbino. Doveva essere un incontro – non un ricordo.

Mario Persico

Je me souviens che la prima volta che incontrai Brunella Eruli fu all'Accademia di BB.AA. di Napoli, negli anni 70. Lei era con Enrico Baj.

Je me souviens che in quella occasione Baj presentava un suo manifesto antifuturista col quale attaccava violentemente la loro adesione al Fascismo. Io e Brunella non eravamo d'accordo perché nel manifesto non vi era nessun accenno alla qualità creativa della loro produzione artistica.

Je me souviens che dopo qualche scambio sull'Arte le chiesi di parlarmi del teatro.

Je me souviens che Lei mi scrisse inviandomi anche un interessante libro sul Teatro d'avanguardia.

Je me souviens che nel 1982 lessi un suo eccezionale intervento sul catalogo della mostra patafisica realizzata da Baj al palazzo reale di Milano, che mi indusse a interessarmi ancora di più della Patafisica.

Je me souviens che da quel momento Brunella Eruli è stata per me un punto di riferimento culturale.

Je me souviens che la incontrai dopo moltissimi anni al premio Capri organizzato da Aragona nel 2002. Io ero stato nominato Rettore dell'Istituto Patafisico Partenopeo l'anno precedente.

Je me souviens che in quel contesto le dissi che mi avrebbe fatto piacere avere qualche suo scritto da pubblicare su "Il Pata-Part" (foglio strampalato che mi ero inventato allorché fui eletto Rettore).

Je me souviens che con la gentilezza che l'ha sempre contraddistinta accettò con piacere e puntualmente mi inviò un suo magnifico scritto.

Je me souviens che al primo raduno patafisico realizzato dal mio Istituto, nella bella tenuta della vulcanica Paola Acampa, Lei venne con Thieri Foulc.

Je me souviens che, discutendo con lei del più e del meno, ebbi a dirle che non ero certo di nulla. Rispose sorridendo che invece Lei aveva «la certezza che non vi è nulla di certo», citando Plinio il Vecchio.

Je me souviens che, pur convenendo sulla definizione secondo cui «la Patafisica è tutto e il contrario di tutto», non ha mai smesso di denunciare la banalità e la mediocrità.

Je me souviens che la vita è dentro la morte, ma quando persone come Brunella Eruli vanno via qualcosa di me va via con loro.

Paolo Albani

Mi ricordo una cena nella casa fiorentina di Brunella, era un dicembre di almeno dieci anni fa; quando uscimmo per strada scoprimmo che la città era sommersa dalla neve, e noi non c'eravamo accorti di niente; fu una bella sorpresa.

Mi ricordo che in Brasile Brunella aveva un simpatico trolley che io battezzai il "robottino" come quello del film di George Lucas. Dopo qualche giorno dal nostro rientro in Italia mi disse che il "robottino" stava bene.

Mi ricordo che fui molto felice quando Brunella m'invitò al convegno *Attenzione al potenziale!*

Mi ricordo che il gatto di Brunella, appena mi sedevo in poltrona, mi saltava sulle ginocchia; era un gatto socievole, come la padrona, del resto.

Mi ricordo di quella volta in cui, parlando alla sezione italiana della Crabtree Foundation, Brunella mise insieme mirabilmente Jarry, Duchamp e Perec.

Mi ricordo di una bella giornata trascorsa con Brunella e altri oplepiani a Bisticci, un paesino nei pressi di Rignano sull'Arno, senza che bisticciassimo fra di noi.

Mi ricordo che mi piaceva sentirla conversare in francese, con quella sua voce inconfondibile, punteggiata di falsetti.

Mi ricordo l'entusiasmo con cui mi parlava del teatro delle marionette; a volte mi sembrava che ne muovesse una con le sue dita.

Mi ricordo di una piacevole conversazione fatta con Brunella durante un viaggio in macchina da Urbino a Firenze; non so perché, ma con lei temevo sempre di dire delle banalità.

Mi ricordo che bevemmo qualcosa in un piccolo bar situato dentro il parco dell'Università di Arezzo, i cui locali una volta erano adibiti a manicomio; Brunella mi disse che ogni tanto, in quel parco, ritornavano alcuni ex-degenti del manicomio e che a vederli non si distinguevano affatto dai prof universitari.

Mi ricordo Brunella che ci salutava, davanti alla sua bella casa di Montalbino; vedevo la sua immagine riflessa nello specchietto retrovisore mentre noi ci allontanavamo in macchina, al termine di un pomeriggio gradevole e rilassante.

Mi ricordo di un laboratorio oplepiano fatto al Festival della Creatività di Firenze; Brunella, che vi partecipava, diciamo così, da docente-oplepiana, fu anche una delle allieve più vivaci e produttive; si cimentò in tutti gli esercizi proposti con molta concentrazione e divertimento.

Mi ricordo Brunella sul palco allestito a Casalmaggiore per la manifestazione *Patafluens*: sembrava proprio una Zarina.

Raffaele Aragona

Brunella la ricordo a Capri, ai Giardini di Augusto, in una foto con Campagnoli, D'Oria e con me, la sera della nascita dell'Oplepo: era il 3 novembre 1990, era l'anno in cui la conobbi.

Ricordo Brunella e il suo vestito rosso.

Una sera a Roma: ricordo Brunella quando, a "Roma Poesia" '91, leggemmo insieme alcuni testi di Perec e di Queneau.

Nel pomeriggio di un giorno piovoso a Firenze: ricordo Brunella a un tavolo del *"Rivoire"* discutere con Patrizia e con me del convegno *Attenzione al potenziale!*

Eravamo a Milano, al convegno *Per Perec* al Teatro Parenti: ricordo Brunella che, divertita, notava la mia cattiva pronuncia di 'Greimas'.

Lei, Brunella, la ricordo a Firenze per "Queneau su bus".

La ricordo anche in viaggio in auto con me da Salerno a Bari dove avrebbe ritirato il "Pulcinella d'oro".

Ancora ricordo Brunella scrivere con me la motivazione del premio *caprienigma* per l'arte a Enrico Baj.

E ricordo Brunella a Parigi il giorno in cui Ettore morì.

Ricordo Brunella a Montalbino alle prese con tutti i problemi pratici della costruzione.

Un altro ricordo è quello di Brunella a Firenze, agli incontri della "Joseph Crabtree Foundation".

La ricordo, Brunella, al convegno di Rio de Janeiro nel 2009.

Io mi ricordo di Brunella alle cascate di Iguazu con Elena e con Paolo.

Thieri Foulc

Je me souviens du nom de "Brunella Eruli" vu sur la carte de lecteur qu'elle tendait en entrant à la Bibliothèque nationale alors que nous ne nous connaissions pas encore.

Je me souviens de Brunella chez moi, pour préparer le dîner le jour où ma femme est morte.

Je me souviens de l'urticaire qui envahit le visage de Brunella quelques minutes avant l'inauguration de la grande exposition "Jarry e la pataphysica" qu'elle présentait avec Baj et Accame au Palazzo Reale de Milan.

Je me souviens de n'avoir pas dit ce qu'il fallait quand Brunella me parla d'Ettore après sa mort, un soir dans un restaurant de Naples.

Je me souviens de l'épaule de Brunella de dos dans la nuit de Montalbino.

Je me souviens de Brunella forçant la porte d'une de ses amies dont la disparition l'inquiétait.

Je me souviens de Brunella improvisant une prodigieuse *spaghettata* liée avec une crème de poivrons, et s'étonnant de mon étonnement.

Je me souviens des "selon moi" par lesquels Brunella introduisait l'énoncé de ses opinions.

Je me souviens du syndrome de Blanche-Neige que Brunella diagnostiquait chez ma femme et mes filles.

Je me souviens de Brunella se faisant devoir de perpétuer Montalbino en mémoire de son père.

Je me souviens des bonbonnes d'huile que Brunella remontait de la cave dans l'étroit ascenseur de la rue Cambronne.

Je me souviens de Brunella nageant longtemps à Monterosso.

Je me souviens du sein incisé montré par Brunella sur son lit, à la clinique, après son opération.